Tina, Kevin und das Reporterkollektiv

Von Michael Löblein

Buchbeschreibung:

Das neue Schuljahr hat gerade begonnen. Zwischen Unterricht, Schülerzeitung und Strafarbeit lernen sich die 15-jährigen Tina und Kevin kennen. Nach leichten Startschwierigkeiten verlieben sie sich ineinander. Eine Story über verdorbenes Essen steht an. Wird die frische Liebe Kevins jüngere Vergangenheit verkraften?

Über den Autor:

Michael Löblein, arbeitet im öffentlichen Dienst und lebt mit seinen heiligen Birmakatzen Emily und Merlin in Lauffen am Neckar.

1. Auflage, 2020

© 2020 Michael Löblein Alle Rechte vorbehalten.

Herstellung und Verlag: BoD - Books on Demand, Norderstedt

ISBN: 9783752609561

Korrektorat: Katrin Scheiding BoD

Coverfoto: Adobe Stock, Hintergrund: Michael Löblein

Tina, Kevin und das Reporterkollektiv

Von Michael Löblein

Kapitel 1

Wenn Kevin gewusst hätte, was dieser Tag für ihn bereithielt, wäre er im Bett geblieben. Schon in wenigen Stunden würde er gemeine Magenschmerzen bekommen, aber er ahnte nichts von seinem Schicksal. Und so quälte er sich aus seinem kuscheligen und warmen Bett. Gähnend schlurfte er ins Badezimmer und stellte sich unter die Dusche. Nachdem er abgetrocknet war, eilte er in sein Zimmer zurück und zog sich seine übliche Uniform bestehend aus Jeans, T-Shirt und Holzfällerhemd an. Er nahm sich seinen Rucksack und begab sich ins Esszimmer. »Hallo Kevin, freust du dich schon auf die Schule?«, fragte sein Vater hinter der Zeitung. »Hm«, murmelte Kevin und schenkte sich eine Tasse Hagebuttentee ein. »Wie war das? Oh ja, liebster Vater, ich bin schon total gespannt, was ich heute wieder lernen darf«, sagte sein Vater und gluckste. »Immerhin haben wir heute Redaktionstreffen, dann wird der Tag wenigstens nicht total öde«, sagte Kevin und schmierte sich Marmelade auf eine Scheibe Toast. »Du bist doch nur bei der Schülerzeitung, wie heißt sie noch gleich? Wegen Tina«, sagte sein Vater. »Die Zeitung heißt *Der Ackergaul*, weil wir schuften wie blöde und ich war schon bei der Zeitung, bevor Tina und ich zusammen waren«, sagte Kevin. »Ja, zwei Tage vorher, um genau zu sein«, sagte seine Mutter und strich ihm über den Kopf. »Das war reiner Zufall, ich wollte schon immer bei der Zeitung mit-machen, nur hatte ich bisher einfach nicht die Zeit«, sagte Kevin. »Ist schon gut«, sagte seine Mutter. »Ich muss dann mal los«, sagte Kevin, stopfte sich das restliche Brot in den Mund und stand auf. ›Er wird so schnell erwachsen mit seinen fünfzehn Jahren‹, dachte seine Mutter. Kevin schnappte sich seinen Rucksack und verließ das Haus. Draußen steuerte er die Garage an und holte sein blaues Mountainbike heraus. Dann schwang er sich in den Sattel und strampelte los.

Als er zwanzig Minuten später sein Rad am
Schulhof abschloss, tippte ihm eine weiche
Hand auf die Schulter. »Guten Morgen, mein
Schatz«, sagte Tina und gab Kevin einen
Kuss. »Oh, Liebe meines Lebens, endlich
sehen wir uns wieder«, sagte Kevin und erwi-
derte den Kuss. »Ich freue mich schon auf
die Redaktionskonferrenz«, sagte Tina. »Ja,
ich bin schon gespannt, welche Themen sich
Jonas für die neue Ausgabe überlegt hat«,
antwortete Kevin. »Er wird sicher eine Ent-
hüllungsstory im Programm haben, das ist
irgendwie seine Leidenschaft«, sagte Tina.
»Klar, stell dir mal vor, wenn eine Story
von uns von der Heilbronner Stimme über-
nommen werden würde. Das wäre super«, sagte
Kevin. »Tina Schwabing und Kevin Graf, die
Enthüllungsjournalisten«, sagte Tina und
prustete los. »Hab doch etwas mehr Vertrauen
in unsere Fähigkeiten«, sagte Kevin. »Was
sollten wir hier schon enthüllen können?
Dass der Hausmeister das Hamsterstreu klaut
und bei sich zu Hause seine Kissen damit

füllt vielleicht?«, fragte Tina. »Auf was
für Ideen du kommst. Ich dachte eher daran,
dass unser Rektor nachts als Superheld in
der Stadt unterwegs ist und die Ersparnisse
von wehrlosen Rentnerinnen rettet«, sagte
Kevin. »Du nun wieder«, sagte Tina und verdrehte die Augen. »Das habe ich gesehen«,
sagte Kevin. »Das solltest du auch«, sagte
Tina und stupste Kevin an. Die Klingel
ertönte und das Paar verabschiedete sich
voneinander, es würde noch zwei Schulstunden
dauern, bis sie sich wieder sahen.
Kevin setzte sich auf seinen Platz und
kramte das Matheheft heraus. Heute ging es
wieder um Prozentrechnen, das fiel Kevin
leicht, und er klinkte sich aus dem Unterricht aus. Er dachte an das lange rote Haar
von Tina, ihr Grübchen am Kinn und ihre
grünen Augen. Ihren Geschmack nach Zimt.
Dann klingelte es. Kevin schrak hoch. Dann
war Physik an der Reihe und danach sahen sie
sich endlich wieder in der Geschichtsstunde.
Heute stand Martin Luther auf dem Lehrplan,
aber Kevin hatte nur Augen für Tina. Sie

dagegen war vollkommen auf den Unterricht konzentriert. Kevin sah, wie sie an ihrem Füller herumkaute, sich eine Strähne aus dem Gesicht strich und dann etwas notierte. Kevin wäre nur zu gern der Füller gewesen, von ihren zarten Fingern umfasst zu werden. »Was hat Luther an die Schloßkirche zu Wittenberg geschlagen, Kevin?«, fragte Frau Lehner, die Geschichtslehrerin. »Seine 95 Thesen«, flüsterte Tina. »Ähm, seine 95 Thesen«, sagte Kevin. »Danke, Tina«, sagte Frau Lehner. Tina wurde rot, was Kevin total bezaubernd fand. »Vielleicht sollte ich euch beide besser auseinander setzen«, sagte Frau Lehner. »Nein!«, riefen Tina und Kevin gleichzeitig. »Dann pass gefälligst in meinem Unterricht auf, Kevin«, sagte die Lehrerin. »Mach ich«, sagte Kevin und die Klasse brach in Gelächter aus. »Wir werden sehen«, sagte Frau Lehner. Kevin konzentrierte sich auf den Unterricht, wurde aber immer wieder abgelenkt, weil Tina so verführerisch nach Rosen duftete. Als es zur Pause klingelte, sah Tina Kevin ernst an.

»Hey Kevin, wir bekommen wegen dir noch Riesen ärger, und Frau Lehner setzt uns auseinander«, sagte Tina. »Ach was«, sagte Kevin und winkte ab. »Das ist kein Scherz. Hast du nicht gesehen wie sie mich angefunkelt hat, als ich dir die Antwort vorgesagt habe?«, fragte Tina. »Ach was, sie war nur von der Sonne geblendet«, sagte Kevin. »Rede dir das nur weiter ein, aber ich habe dich gewarnt«, sagte Tina. »Warnung zur Kenntnis genommen«, sagte Kevin und legte den Arm um Tinas Schulter. »Du bist wirklich unmöglich«, sagte Tina. »Darum liebst du mich so sehr«, sagte Kevin. Sie schlenderten zusammen in die Kantine. Tina nahm einen Salat und Kevin holte sich einen Burger. Sie setzten sich und aßen schweigend.

Als die Redaktionssitzung begann, fühlte sich Kevin überhaupt nicht wohl, Schweiß rann von seiner Stirn und sein Magen verkrampfte sich. »Also, wie wäre es mit einem Artikel über das Kantinenessen?«, fragte Jonas. »Was sollen wir da schreiben? Heute gab es Fleisch satt, genau wie letzte Woche

auch«, sagte Katrin. »Etwas interessanter
dürfte der Artikel schon werden«, sagte
Jonas. »Ach, nee, das gibt nur Ärger mit dem
Direx. Die Kantine ist seine heilige Kuh«,
sagte Felix. »Stimmt, dann kassiert er
wieder unsere Schülerzeitung«, sagte Paula.
»Alles okay bei dir?«, fragte Tina besorgt.
»Irgendwie ist mir ziemlich übel«, sagte
Kevin. »Komm, ich bring dich an die frische
Luft«, sagte Tina. »Kevin, alles okay bei
dir?«, fragte Jonas. »Geht gleich wieder,
hab wohl was Falsches gegessen.« »Oh,
Lebensmittelvergiftung in der Katine«, sagte
Katrin. »Sehr witzig«, sagte Kevin und
stützte sich auf Tina, die ihn zur Tür diri-
gierte. Er schaffte es just noch zur Toilette, als er sein Mittagessen von sich gab.
Er würgte, bis nur noch Galle kam. Dann
spülte er und tupfte sich den Mund mit Toi-
lettenpapier ab. Als er aus dem WC trat, sah
ihn Tina besorgt an. »Ich bringe dich nach
Hause, oder soll ich deine Mutter anrufen,
damit sie dich abholen kommt?«, fragte sie.
»Ich glaube, ich schaffe es nicht mit dem

Rad heim«, sagte Kevin und schloss die Augen. Tina zog ihr Smartphone aus der Hosentasche und wählte die Festnetznummer von den Grafs.

Zehn Minuten später saß Kevin auf dem Beifahrersitz neben seiner Mutter und Tina drückte ihm von der Rückbank sanft die Schulter. »Geht es wieder?«, fragte Tina. »Ja, im Moment schon«, sagte Kevin. »Was ist denn passiert? Heute Morgen ging es dir doch noch gut«, sagte seine Mutter. »Hab wohl was Falsches gegessen. Weiß auch nicht«, sagte Kevin. »Aber du hast doch nur in der Kantine gegessen«, sagte Tina. »Hm.« »Mir geht es jedenfalls noch gut«, sagte Tina. »Du hattest ja auch nur einen Salat, keine Fleischbeilage«, erinnerte Kevin sie. »Ach, du meinst, dass das Fleisch verdorben war?«, fragte Tina. »Keine Ahnung«, sagte Kevin und zuckte mit den Schultern. »Zu Hause gibt es erstmal nur Zwieback und Suppe«, sagte seine Mutter. »Ich denke, ich bekomme heute nichts mehr runter«, sagte Kevin und versuchte ein Grinsen, was ihm misslang. »Ich hab unsere

Topstory. Vergiftet in der Kantine, ein Erlebnisbericht von Kevin Graf«, sagte Kevin. »Ob sich Rektor Freytag das gefallen lässt, weiß ich nicht«, warf Tina ein. »Was hat denn euer Rektor damit zu tun?«, fragte Frau Graf. »Er sieht sich als Verantwortlichen für alles, was auf dem Schulgelände passiert. Selbst wenn etwas gestohlen wird, ruht er nicht, bis der Täter überführt wurde«, sagte Tina. »Das ist doch eine gute Eigenschaft«, sagte Frau Graf. »Ja, eigentlich schon, nur versucht er, auch Schaden von der Schule abzuwenden, und kehrt Dinge gern unter den Teppich, wenn dadurch ein schlechtes Licht auf ihn geworfen wird«, sagte Kevin. »Das höre ich aber gar nicht gern«, sagte Frau Graf. »Er ist, wie er ist«, sagte Kevin und zuckte mit den Achseln. Frau Graf bog in ihre Straße ein und hielt vor der Garage. Kevin stieg aus und ebenfalls Tina verließ den Wagen. »Also, mein Schatz, ich lasse dich jetzt in den fähigen Händen deiner Mutter zurück. Ruf mich nachher an«, sagte Tina. »Ach, bleib

doch noch ein wenig«, sagte Kevin. »Du
brauchst Ruhe«, sagte Tina und gab ihm einen
Kuss auf die Wange. Kevin folgte seiner
Mutter ins Haus und Tina machte sich auf den
Weg nach Hause. »Ich geh in mein Zimmer«,
sagte Kevin zu seiner Mutter. »Ist gut, aber
lass die Tür offen«, sagte Frau Graf. »Ich
bin doch kein Kleinkind mehr, das überwacht
werden muss«, sagte Kevin empört. »Ich
stelle dir noch einen Eimer ins Zimmer«,
sagte Frau Graf und ignorierte seinen Ein-
wand. Kevin stapfte in seine Rumpelkammer
und legte sich auf sein Bett. Kaum hatte
sein Kopf das Kissen berührt, schlief er
schon ein.

Er hatte einen seltsamen Traum Herr Freytag
stand mit einem Packen Burger in den Händen
vor ihm und forderte Kevin auf zu essen.
»Iss schon, Kevin, du willst doch ein lieber
Schüler sein«, sagte der Rektor. Dann
stopfte er Kevin den ersten Burger in den
Mund. Er schmeckte seltsam, ledrig und trocken. Kevin vermochte kaum zu schlucken, da
flößte ihm Herr Freytag schon Salatsoße ein.

»Genug«, murmelte Kevin. »Er will mehr, haben Sie gehört, Frau Mompsen?«, fragte der Rektor und stopfte Kevin einen weiteren Burger zwischen die Zähne. Kevin verschluckte sich und etwas blockierte in seiner Kehle. Er bekam keine Luft mehr. Er schlug um sich, wurde aber von seinen Mitschülern festgehalten und der Rektor stopfte weiter Burger in seinen Mund.

Kevin schreckte hoch. Er saß in seinem Bett. Auf dem Nachttischchen standen ein Teller dampfender Suppe und eine Kanne Tee, daneben eine rote Tasse mit einem Gesicht und einer hervorstehenden Nase. Es war Kamillentee, nicht unbedingt Kevins Lieblingssorte, aber sein Magen beruhigte sich ein wenig. ›So ein Sadist‹, dachte Kevin, als er sich an ein paar Bilder aus seinem Traum erinnerte. Er stellte die Tasse hin und legte sich wieder auf sein Kopfkissen. Dann schloss er die Augen und sah sofort wieder den Rektor vor sich. Schnell riss er die Lider auf und atmete schnell. Schweiß bildete sich auf seiner Stirn. Sein Magen krampfte sich zusammen und Kevin übergab sich in den grünen Eimer, den seine Mutter vor sein Bett gestellt hatte. Da sein Magen längst leer war, kam nur Galle. Total eklig. Kevin stellte den Eimer zurück vor das Bett und sank in sein Kissen. Dann schloss er die Augen und schlief vor Erschöpfung ein, diesmal ohne zu träumen.

Als er wieder erwachte, war es dunkel. Sein Magen knurrte und Kevin nahm ein paar Löffel der Suppe, die bereits kalt war. Da sie ihm nicht direkt wieder hochkam, aß er ein paar Löffel und schon bald war die Schüssel leer. Kevin trank etwas von dem Tee und überlegte, was er jetzt machen sollte. Er sah auf seinen Wecker, es war bereits 22.32 Uhr. Zu spät, um noch bei Tina anzurufen. Er verließ das Bett und schlich nach unten in das Wohnzimmer. Alles war ruhig, seine Eltern schliefen wohl schon. Also ging er wieder in sein Zimmer und legte sich in sein Bett. Er griff sich sein Handy und las die aufmunternden Nachrichten, die Tina ihm geschrieben hatte. Dann legte er das Smartphone weg und schlief ein.

Am nächsten Morgen ging es ihm wieder gut. Er hatte Hunger und flanierte in die Küche, wo seine Mutter schon Grießbrei für ihn gekocht hatte. Sein Vater saß am Tisch und las Zeitung. »Wie geht es dir heute, mein Liebling?«, fragte seine Mutter. »Erstaunlich gut«, sagte Kevin. »Gut, dann verpasst du schon keinen Unterricht«, sagte sein Vater. Kevin aß den Grießbrei und richtete sich dann für die Schule. Da er sein Rad in der Schule hatte, musste er heute auf Schusters Rappen laufen, und das bedeutete, er sollte sofort losgehen. Er schnappte sich seinen Rucksack und verließ das Haus. Außer Atem kam er vor dem Schulgebäude an. Tina wartete auf ihn. »Guten Morgen, Sonnenschein«, begrüßte er Tina. »Du bist wohl ernstlich krank«, sagte Tina, fasste ihm an die Stirn und lachte. »Mir geht es wieder gut, aber ich werde heute auf die Fleischbeilage verzichten, schätze ich«, sagte Kevin. »Das klingt nach einem guten Plan«, sagte Tina und verschränkte ihre Finger mit

seinen. Vor Kevins Klassenzimmer trennten
sich die beiden und Kevin musste zwei Stunden Bildende Kunst über sich ergehen lassen.
Nicht gerade sein Lieblingsfach, obwohl er
ganz passabel zeichnen konnte. Die Stunden
zogen sich wie Kaugummi und heute sahen sich
Tina und Kevin erst in der Mittagspause. Wie
angekündigt, verzichtete Kevin heute auf
Fleisch und nahm sich einen Salat. Als er an
der Fleischtheke vorbei kam, beäugte er
misstrauisch die Schnitzel, die auslagen.
»Traust dich wohl nicht«, neckte Tina ihn.
»Du kannst ja gerne eines davon für mich
mitessen«, schlug Kevin vor. »Nö, ich bleibe
heute beim Salat«, sagte Tina und grinste
breit. Sie suchten sich einen Platz und aßen
händchenhaltend. »Sollen wir vorschlagen,
einen Bericht über das Kantinenessen zu
schreiben?«, fragte Tina und brach damit das
Schweigen. »Ich weiß nicht, der olle Freytag
steigt uns sicher aufs Dach«, sagte Kevin.
»Ich weiß, das habe ich dir ja bereits gestern selbst gesagt, aber wenn das mit dir
kein Einzelfall war? Wir sollten uns zumin-

dest mal ganz unauffällig umhören, ob gestern noch jemandem schlecht war«, sagte Tina. »Okay, das können wir machen«, stimmte Kevin zu und begann gleich. »Hey, Mario, du hast doch gestern auch hier gegessen, oder?«, fragte Kevin einen schlaksigen Jungen in seiner Nähe. »Jo, Mann, aber das war nichts. Mir war gestern den ganzen Tag schlecht, hätte beinahe gekübelt«, sagte Mario. »Hattest du auch Fleisch?«, fragte Tina. »Klar«, sagte Mario. »Siehst du!«, sagte Tina zu Kevin. »Kann Zufall sein«, sagte Kevin. Sie befragten die anderen bei ihnen am Tisch und fanden heraus, dass es den meisten gestern flau im Magen war, sie hatten zwar nicht so heftig reagiert wie Kevin, aber übel war den meisten von ihnen gewesen. »Also war doch was mit dem Essen«, sagte Tina. »Scheint fast so«, sagte Kevin und zupfte an seiner Unterlippe. »Ich finde, wir sollten einen Aufruf in der Schülerzeitung machen und fragen, wie viele das Essen gestern nicht vertragen haben«, sagte Tina. »Dann hat uns doch der Direx sicher auf dem

Kieker«, sagte Kevin. »Hast du einen besseren Vorschlag?«, fragte Tina. »Wir könnten Flugblätter drucken und die ganz unauffällig verteilen«, sagte Kevin. »Ein wenig riskant, wenn die Schüler zu unvorsichtig sind, fliegt das Ganze auf«, sagte Tina. »Du hast recht, am besten, wir vergessen die ganze Sache«, sagte Kevin. »Was bist du denn für ein Reporter, gleich bei der kleinsten Schwierigkeit kneifen. Das kommt gar nicht infrage«, sagte Tina. »Wir haben doch einen E-Mail-Verteiler, falls der Unterricht ausfällt, den nutzen wir«, sagte Tina. »Und wenn sich jemand verplappert?«, fragte Kevin. »Ich fürchte, ohne Restrisiko geht es nicht«, sagte Tina. »Das klären wir aber mit Jonas ab«, sagte Kevin. »Aber klar doch«, sagte Tina.

»Also, ihr wollt alle Schüler aller Klassen anschreiben und fragen, ob sie sich den Magen verdorben haben?«, fragte Jonas. »Im Prinzip läuft es darauf hinaus«, sagte Tina. »Und die sollen alle dicht halten?«, fragte Jonas. »Das ist zu riskant«, mischte sich

Katrin ein. »Die Frage ist doch, was wir dann mit der Information anfangen. Schreiben wir einen Artikel? Dann können wir drauf wetten, dass der alte Freytag zwei Sekunden später bei mir in der Redaktion steht und Feuer spuckt«, sagte Jonas. »Das werden wir nicht verhindern können«, gab Tina zu. »Also lassen wir das Ganze«, sagte Katrin. »Nur nichts riskieren, das ist dein Lebensmotto oder?«, fragte Kevin. Katrin schoss die Schamesröte ins Gesicht, aber sie sagte nichts. »Uh, ich riskiere meinen Job als Chefredakteur und Herausgeber«, sagte Jonas. »Aber du bist doch sowieso nur noch zwei Jahre hier, dann studierst du Journalismus und kannst dich mit so einer Story sicher einer Zeitung empfehlen«, sagte Tina. »Da ist was dran«, sagte Jonas. »Okay, wir starten die Umfrage und sehen, was dabei raus kommt, danach besprechen wir uns neu«, sagte Jonas. »Das hört sich fair an«, sagte Kevin und Tina stimmte zu. »Das ist doch wahnsinn«, sagte Katrin. »Du kannst ja dein Veto einlegen«, sagte Tina. »Ja, das werde ich

auch. Da kannst du drauf wetten«, sagte
Katrin. »Also gut, Operation E-Mail-Befra-
gung ist genehmigt«, sagte Jonas. Felix und
Paula unterstützten den Vorschlag. »Das wird
sicher böse ins Auge gehen«, sagte Katrin.
Aber keiner der anderen Anwesenden beachtete
sie.

Felix formulierte einen Text, der ein wenig
schwammig war, damit sie sich zur Not damit
rausreden konnten, sie wären falsch verstan-
den worden.

Nachdem Felix die Daumen gedrückt und den
Senden-Button gedrückt hatte, verließen sie
alle die Redaktion.

»Meinst du es war richtig von uns, diese
E-Mail zu schicken?«, fragte Tina. »Und ob.
Das war goldrichtig«, sagte Kevin. »Und wenn
Freytag die Redaktion und damit die Schülerzeitung einstampft?«, fragte Tina. »Dann
gehen wir damit zur Heilbronner Stimme«,
sagte Kevin. »Dafür brauchen wir aber
unumstößliche Beweise«, sagte Tina. »Natürlich werden wir verdeckt recherchieren und
Proben von dem Fleisch in einem Labor testen

lassen«, sagte Kevin. »Aber dafür brauchen wir Geld«, gab Tina zu bedenken. »Die Schülerzeitung hat ein Budget«, sagte Kevin. »Das müssen wir sicher zurückzahlen«, sagte Tina. »Darüber machen wir uns Gedanken, wenn es soweit ist«, sagte Kevin und küsste sie sanft auf den Mund.

In der nächsten Mittagspause tauchte Kevin mit einer Tupperdose auf und lud das Fleisch darin ab. Zu Hause beschriftete er einen Zettel mit dem Datum, an dem er die Probe genommen hatte, und stellte das Ganze in die Gefriertruhe.

Ein paar Tage später saßen Kevin und Tina auf Kevins Bett und kuschelten. »Was passiert, wenn deine Eltern das ganze Fleisch finden?«, fragte Tina an Kevin gelehnt. »Ach, in die Truhe schauen sie alle Schaltjahre mal rein, außer ein paar Packungen mit gefrorenem Gemüse ist da nichts drin gewesen«, sagte Kevin. »Nicht, dass sie auf die Idee kommen, das Fleisch zu essen«, sagte Tina. »Ich glaube, die Gefahr besteht nicht. Ich hoffe aber, dass meine Mutter in

nächster Zeit ihre Essensboxen nicht ver-
misst«, sagte Kevin. »Soll ich dir welche
von uns leihen?«, fragte Tina. »Frag mich in
einer Woche nochmal, dann komme ich vielleicht darauf zurück«, sagte Kevin und
atmete das Shampoo von Tina ein. Es roch
nach Honig. »Ich bekomme Hunger von deinem
Shampoo«, sagte Kevin. »Was?«, fragte Tina
irritiert. »Du riechst nach Honig«, sagte
Kevin knapp.
Wenig später standen sie in der Küche und
schmierten sich Honigbrote. Sie nahmen die
Teller mit aufs Zimmer und setzten sich
wieder auf das Bett. Da klingelte das Handy
von Tina. »Hallo Felix«, meldete sie sich.
»Was? Du hast Antworten bekommen? Wie viele?
30 Leute hatten Magenprobleme? Wow, das ist
krass«, sagte Tina. Kevin reckte die Faust
in die Höhe und sprang vom Bett. »Ha!«, rief
er. Tina wedelte mit der linken Hand, damit
Kevin ruhig war. Kurze Zeit später legte sie
auf. »Tja, jetzt ist es amtlich, das Essen
muss schlecht gewesen sein«, sagte Tina.
»Make journalism great again!«, sagte Kevin

in Anspielung auf Trump.

Am Tag darauf brachten Kevin und Tina die Proben zu einem Labor in Heilbronn. »Es wird ungefähr drei Tage dauern, bis uns Ergebnisse vorliegen«, sagte eine blonde Frau in einem weißen Kittel. »Danke«, sagte Tina und sie verabschiedeten sich.

»Wenn die nichts finden, fresse ich einen Besen«, sagte Kevin. »Abwarten«, sagte Tina. »Vielleicht hatte das alles nichts mit dem Essen zu tun, sondern war so eine Eintagesgrippe«, gab Tina zu bedenken. »Warum auf einmal diese Zweifel?«, fragte Kevin. »Nur so. Selbst, wenn die Lebensmittel schlecht waren, muss die Schule noch nichts damit zu tun haben. Wir müssen ihnen beweisen, dass sie wussten, dass die Lebensmittel verdorben sind«, sagte Tina. »Guter Punkt«, gab Kevin zu. »Wir müssen den Lebensmittellieferanten interviewen«, sagte Tina. »Als ob der zugeben würde, verdorbenes Essen auszuliefern«, sagte Kevin. »Vielleicht hat er deswegen ein schlechtes Gewissen und ist froh, wenn er endlich auspacken kann«, sagte Tina.

»Da müssten wir aber schon gehörig viel
Glück haben«, sagte Kevin. »Wir warten die
Laborergebnisse ab, fangen den Lieferanten
ab und konfrontieren ihn mit den Testergeb-
nissen, dann packt er sicher aus«, sagte
Tina. »Dann verliert er vermutlich seinen
Job«, sagte Kevin. »Auch wahr.« »Am besten
warten wir die Ergebnisse ab«, sagte Kevin.
»Uns wird nichts anderes übrig bleiben«,
sagte Tina.

»Kevin, wo sind meine ganzen Plastikschüs-
seln?«, fragte Frau Graf. »Woher soll ich
das wissen?«, fragte Kevin und hoffte, dass
er sich ahnungslos anhörte. »Mach keinen
Quatsch, ich muss die Reste vom Mittagessen
wegpacken«, sagte Frau Graf. »Kannst du die
nicht vielleicht in Alufolie ...«, setzte
Kevin an. »Also, hast du die Schüsseln verschwinden lassen oder nicht?«, fragte seine
Mutter. »Ich hab die für was Wichtiges
gebraucht. Sozusagen ein Schulprojekt«,
sagte Kevin. »Und du hättest mich nicht vorher fragen können?«, fragte Frau Graf.
»Daran hab ich einfach nicht gedacht«, sagte

Kevin. »Und was mache ich jetzt mit den Klößen und der Soße?«, fragte seine Mutter. »Vielleicht bringst du sie rüber zu Herrn Seibold, der kann doch nicht kochen«, sagte Kevin. »Sehr witzig.« »Das sagt er doch immer«, sagte Kevin. »Na gut, dann fragst du ihn«, sagte Frau Graf und drückte ihrem Sohn das Geschirr in die Hand. »Was, ich?«, fragte Kevin ungläubig. »Du hast die Schüsseln verschwinden lassen«, sagte seine Mutter und nickte zur Tür.
Kevin sah, dass es zwecklos war weiter zu diskutieren und so schlurfte er zum Nachbarn. Er klingelte. Herr Seibold, ein Mann von vielleicht 80, öffnete die Tür. »Ja?«, fragte er. »Hallo, Herr Seibold, ich bin Kevin von nebenan. Kevin Graf. Also, meine Mutter schickt mich mit dem Rest vom Mittagessen. Also, ich meine, ich soll fragen, ob sie es gebrauchen können. Also, das Essen, meine ich«, stammelte Kevin. »Ah, Klöße und Soße. Das ist immer gut. Danke«, sagte Herr Seibold. Erleichtert drückte Kevin ihm die Schüssel in die Hand. »Danke deiner Mutter

von mir«, sagte Herr Seibold und schloss die Tür. Kevin ging zurück ins Haus. »Und bist du das Essen losgeworden?«, fragte Frau Graf. »Ja, ich soll dir dafür danken«, sagte Kevin. »Dann ist wenigstens einer glücklich«, sagte Frau Graf.

Drei Tage später befanden sich alle Reporter des *Ackergauls* in der Redaktion. Tina und Kevin hatten die Testergebnisse bekommen. »Also, das Fleisch war mit Listerien verunreinigt. Das Zeug kann zu Kotzen und Dünnschiss führen«, sagte Kevin. »So, dann haben wir schon mal die Bestätigung, dass es am Fleisch lag«, sagte Jonas. »Aber wie beweisen wir, dass die Köchin und Rektor Freytag Bescheid wussten?«, fragte Felix. »Wir müssen den Lieferanten befragen«, sagte Tina. »Und wie bitte sollen wir das machen? Das Essen wird immer geliefert, wenn wir noch Unterricht haben«, sagte Kevin. »Dann muss eben jemand schwänzen«, sagte Tina. »Das wird ja immer besser«, schaltete sich Katrin ein. »Du musst ja nicht mitmachen«, sagte Tina. »Das werde ich auch nicht«, sagte Katrin. »Ich machs«, sagte Kevin. »Ich sag einfach, mir wäre schlecht und ich muss dringend zur Toilette.« »Kann aber sein, dass du eine ganze Schulstunde draußen abhängen musst«, sagte Jonas. »Die Zeit opfere ich gerne«, sagte Kevin. »Und wenn dich einer sieht, du Schlaukopf?«, fragte Katrin. »Ich stell mich doch nicht so hin, dass man mich gleich von Weitem sehen kann. Für wie blöd hälst du mich?«, fragte Kevin. »Wenn ich erhlich sein soll, für ziemlich blöd«, sagte Katrin. »Hey, hör auf, meinen Freund zu beleidigen«, schaltete sich Tina ein. »Oh, das Liebespaar hält zusammen wie Pech und Schwefel«, sagte Katrin verächtlich. »Was ist eigentlich dein Problem? Hä? Seit wir beschlossen haben, in dem Fall zu recherchieren schießt du quer«, sagte Tina. »Ihr seid wahnsinnig. Mehr sage ich nicht dazu«, sagte Katrin. »Du willst wirklich den Lieferanten interviewen?«, fragte Jonas. »Ja, klar«, sagte Kevin. »Du musst dich aber als Reporter zu erkennen geben«, sagte Jonas. »Habe meinen

Presseausweis immer dabei«, sagte Kevin und klopfte auf seine hintere rechte Hosentasche.

Kapitel 2

Kevin würde sehr bald feststellen, dass es schwieriger war als gedacht, etwas aus dem Lieferanten herauszubekommen. Noch war er recht zuversichtlich, bald eine brauchbare Aussage zu bekommen. Liebe Leserin, lieber Leser, die jugendliche Leichtgläubigkeit mögen Sie unserem Kevin bitte nachsehen.

»Kevin ich habe Angst«, sagte Tina. »Was soll schon passieren? Glaubst du, der Lieferant entführt mich, um zu vertuschen, dass er verdorbene Lebensmittel ausfährt?«, fragte Kevin. »Keine Ahnung, wenn er kurz davor steht, seinen Job zu verlieren, ist er vielleicht dazu fähig«, sagte Tina. »Das

glaube ich einfach nicht. Gut, er wird sich
aufregen, wenn ich ihm auf den Kopf zusage,
dass er verdorbenes Fleisch ausliefert. Mehr
aber auch nicht. Vielleicht versucht er,
mich zu bestechen oder so«, sagte Kevin.
»Ich habe ein ganz blödes Gefühl bei der
Sache«, sagte Tina. Bevor sie weiter reden
konnten, klingelte es zum Unterricht.
»Ähm, Frau Pfauer. Kann ich mal zur
Toilette? Mir ist plötzlich so schlecht«,
fragte Kevin. Die Lehrerin war eine große
Frau, sicher eins achtzig, und ihr
hellblondes Haar reichte ihr bis zur Hüfte.
Sie trug eine rote Brille, die passend zu
ihrer roten Bluse mit weißem Blumenmuster
und ihren roten Sneakers war. »Soll dich
jemand begleiten?«, fragte Frau Pfauer. Tina
sprang auf. »Das mache ich«, rief sie.
»Nicht nötig, Süße«, sagte Kevin und verließ
das Klassenzimmer. Er schlich sich durch die
leeren Flure. Beinahe wäre er in den
Hausmeister reingelaufen, konnte aber gerade
noch rechtzeitig zurückweichen, ohne gesehen
zu werden. Nachdem die Gefahr gebannt war,
verließ er das Schulgebäude und lief
Richtung Küche. Da kam der Lieferwagen. Ein
Mann mit braunem Oberlippenbart und einem
Ohrring mit Glitzerstein im linken Ohr saß

am Steuer. Kevin drückte sich an die Hauswand und wartete, bis der Mann damit begann, seine Laderampe runter zu fahren. »Ähm, hallo, Sie da«, sagte Kevin und trat zu dem Mann. »Ja?«, fragte der. »Ich bin von der Schülerzeitung *Ackergaul* und hätte ein paar Fragen zu Ihrer Ladung da«, sagte Kevin. »Was?«, fragte der Mann. »Sie haben doch Lebensmittel geladen, oder?«, fragte Kevin. »Na klar. In meinem Kühllaster ist euer Futter«, sagte der Mann und lachte schallend. »Ist das Essen auch frisch?«, fragte Kevin. »Was?«, fragte der Mann. »Na, ist das Essen frisch?«, fragte Kevin. »Na klar, nur beste Qualität«, sagte der Mann. »Und was, wenn ich Ihnen sage, dass in der Ladung von den letzten Tagen Listerien gefunden wurden?«, fragte Kevin. »Was soll das? Du bist von der Zeitung, hä?«, fragte der Mann. »Ja«, sagte Kevin. Der Mann packte Kevin am Genick und schlug ihm in den Magen. Wäre er nicht gehalten worden, wäre er zusammengeklappt wie ein abgeknicktes Streichholz. »Du willst mir Probleme machen, wie?«, fragte der Mann und schlug Kevin erneut in den Magen. »Was machen Sie da?«, schrie Tina. Der Mann stieß Kevin zu Boden, fuhr seine Laderampe wieder ein und schwang

sich hinter das Steuer. Dann fuhr er zurück,
ohne auf Kevin und Tina zu achten, und hätte
die beiden beinahe über den Haufen gefahren.
»Ist alles okay mit dir?«, fragte Tina.
»Geht schon wieder. Und bei dir?« »Ich bin
Inordnung«, antwortete Tina. »Komm lass uns
wieder rein gehen«, sagte Kevin. »Leider
haben wir keine Beweise«, sagte Tina.
»Jonas, hast du`s drauf?«, rief Kevin. Jonas
kam hinter einer Hecke hervor und reckte den
Daumen nach oben. »Jonas hatte sich schon
sowas gedacht«, sagte Kevin. Auf Tina
gestützt betrat Kevin das Klassenzimmer von
Frau Pfauer. »Kevin, du siehst ja schlimm
aus. Geh lieber ins Krankenzimmer«, sagte
Frau Pfauer. »Geht schon«, sagte Kevin und
nahm Platz.

»So, jetzt haben wir den Lieferanten auf
DVD«, sagte Jonas und entnahm der
Videokamera einen DVD-Rohling. »Aber ein
Beweis dafür, dass Freytag von dem
verdorbenen Essen weiß, ist das noch nicht«,
sagte er. »Dann hat der ganze Einsatz nichts
gebracht?«, fragte Katrin und musste ein
Grinsen unterdrücken. »Streu ruhig Salz in
die Wunde«, sagte Kevin. »Ich war von Anfang
an dagegen, wie ihr wisst«, sagte Katrin.

»Ja, das wissen wir so langsam«, sagte Tina.
»Du könntest den Lieferanten wegen
Körperverletzung anzeigen«, sagte Felix.
»Meinst du er packt bei der Polizei aus?«,
fragte Kevin. »Keine Ahnung«, gab Felix zu.
»Das ist eine Option, die wir uns offen
halten sollten«, sagte Jonas. »Aber die
Bullen erzählen uns niemals, was der
Lieferfahrer gesagt hat«, sagte Kevin. »Ja,
da helfen uns selbst die Presseausweise
nicht weiter«, sagte Tina. »Wir brauchen
einen anderen Ansatz«, sagte Jonas. »Wer
profitiert davon, dass verdorbenes Essen
ausgegeben wird?«, fragte Jonas. »Na, der
Lebensmittelhändler, weil er seinen Mist
loswird und noch dafür bezahlt wird«, sagte
Felix. »Auf alle Fälle, aber die Schule
profitiert doch sicher auch davon, weil das
Essen sicher billiger verkauft wird«, sagte
Jonas. »Vielleicht hat der Direx Unterlagen,
Abrechnungen oder so«, sagte Tina. »Klar,
aber die müssen unauffällig sein. Die
rechnet der Direx doch mit der Schulbehörde
ab«, sagte Jonas. »Folge dem Geld«, sagte
Tina. »Wie meinst du das?«, fragte Kevin.
»Hab ich mal in ´nem Krimi gehört. Wir
müssen rausbekommen, wer das Geld abgreift,
das eingespart wird, weil die Lebensmittel

verdorben sind«, sagte Tina. »Na, die olle Mompsen, die Köchin«, sagte Felix. »Gut möglich«, sagte Jonas. »Aber wie sollen wir beweisen, dass die Rechnungen gefälscht sind?«, fragte Kevin. »Das ist die Krux an der Sache, das können wir nicht«, sagte Jonas. »Keiner wird so blöd sein und über seine Betrügereien Buch führen«, sagte Felix. »Wenn derjenige ein elender Pedant ist, vielleicht schon«, sagte Tina. »An wen denkst du?«, fragte Kevin. »Denk doch mal nach, wer kann das alles ohne größere Probleme bewerkstelligen? Wer verwaltet die Mittel? Na?«, fragte Tina. »Klar, Freytag«, sagte Kevin. »Bingo!«, rief Tina.

Kapitel 3

Sehr geehrte Leserin, sehr geehrter Leser, in diesem Kapitel erfahren Sie etwas, was Kevin vor Tina zu verbergen versucht und mit einer Person zu tun hat, die bereits aufgetreten ist. Lassen Sie sich überraschen.

Kevin stand in der Kantine rum und suchte nach einem Sitzplatz. Er sah sich um, da traf es ihn wie ein Laster, der mit zweihundert Sachen in ihn hineingerast war. An einem relativ leeren Tisch saß ein Mädchen mit leuchtend rotem Haar und grünen Augen. Sein Herz setzte einen Schlag aus und polterte dann in doppelter Geschwindigkeit weiter. Kevin hatte soeben seine absolute Traumfrau gefunden. Zuerst wusste er nicht, was er jetzt machen sollte, dann nahm er all seinen Mut zusammen und ging auf das Mädchen, die Frau, zu. »Ähm, hallo. Ist hier noch frei?«, fragte Kevin. »Dies ist ein freies Land«, sagte das Mädchen. »Danke«, sagte Kevin und setzte sich. Da fiel ihm auf, dass er gar nichts zu essen geholt hatte. Sollte er wieder aufstehen? »Wie es scheint, habe ich etwas Elementares vergessen«, sagte Kevin und grinste. »Ja, dein Essen«, sagte sie trocken. »Kann ich dir was mitbringen?«, fragte Kevin. »Nö«, sagte sie knapp. Kevin stand auf, ging zur Essensausgabe und nahm sich ein oranges

Tablett und Besteck. Hektisch sah er sich um, ob der Platz an ihrem Tisch noch frei war, das war zum Glück der Fall. Schnell nahm er Pommes, Bratkartoffeln und Kartoffelbrei, auf die Soße verzichtete er,und eilte zu dem Mädchen zurück. »Da bin ich wieder«, sagte Kevin. »Wenn du es nicht erwähnt hättest, wäre mir das gar nicht aufgefallen«, sagte das Mädchen. Kevin starrte auf sein Tablett.
»Abwechslungsreich«, kommentierte sie. »Ja, nicht wahr? Ich bin übrigens Kevin. Kevin Graf«, sagte Kevin. »Angenehm, Kevin. Kevin Graf. Ich bin Tina Schwabing«, sagte sie und reichte ihm die Hand. Ihre Haut war zart und warm. Kevin rieselte ein wohliger Schauer über den Rücken. »Gibst du mir bitte meine Hand zurück?«, fragte Tina. Kevin zuckte zusammen. Er hatte gar nicht bemerkt, dass er noch immer ihre Hand hielt, schnell ließ er los. »Danke«, sagte Tina. »Gern geschehen«, sagte Kevin. »Stehst du unter Drogen? Crystal Meth, oder?«, fragte Tina. »Was? Ich, Drogen? Auf keinen Fall, mein

Körper ist ein Tempel«, sagte Kevin empört. »Na, egal, du bist auf alle Fälle seltsam, Kevin Graf«, sagte Tina und strich sich eine rote Strähne aus dem Gesicht. Kevin verlor sich in ihren grünen Augen. »Erde an Kevin«, sagte Tina und schnipste vor seinem Gesicht mit den Fingern. »Hä?«, quäkte Kevin. »Die Mittagspause ist vorbei«, sagte Tina und schüttelte den Kopf, dann ging sie fort, um ihr Tablett abzugeben. Kevin sprang auf und eilte ihr nach. Es war der erste Tag nach den Sommerferien und es stand Geschichte auf dem Stundenplan. Ein Fach nach Kevins-Geschmack. Als er das Klassenzimmer betrat, waren alle Plätze besetzt, bis auf einen, direkt neben einem Mädchen mit rotem Haar und grünen Augen. Tina klopfte auf den Stuhl neben sich. Kevin trabte los und setzte sich schnell, bevor sie es sich anders überlegen konnte. »Da wären wir also wieder«, sagte Tina. »So ein Zufall«, sagte Kevin. Frau Lehner ging von Bank zu Bank und verteilte die Bücher. Als sie das Buch vor Kevins Nase warf, zuckte dieser zusammen.

»Schreckhaft, wie?«, fragte Tina. »Ähm, ja, manchmal«, sagte Kevin und wurde rot. »Bist du neu hier?«, fragte Kevin. »Ja, wir sind in den Sommerferien nach Talheim gezogen«, antwortete Tina. »Wo habt ihr vorher gewohnt?«, fragte Kevin. »In Berlin«, sagte Tina. »Ich weiß ja nicht, ob du dich für sowas interessierst, aber ich gehe nach dem Unterricht zum *Ackergaul*, das ist...«, sagte Kevin. »Die Schülerzeitung, ich weiß schon«, sagte Tina. »Ja genau. Woher weißt du das?«, fragte Kevin. »Ich habe den Anschlag in der Aula gesehen«, sagte Tina. »Ach ja, natürlich«, sagte Kevin schnell. »Ich melde mich da später auch, wenn du willst, können wir zusammen hingehen«, sagte Tina. »Das wäre .... großhaft«, sagte Kevin. »Ich meine fabelartig. Ähm...« »Na, wenn du immer solche Wortschöpfungen fabrizierst, werden es die Leser ganz schön schwer haben dir zu folgen«, sagte Tina. »Schriftlich bin ich besser«, murmelte Kevin.

Als der Unterricht vorbei war, schlenderten Tina und Kevin nebeneinander zur Redaktion des *Ackergauls*. Sie wurden von Jonas, einem Siebzehnjährigen, begrüßt. Er trug schwarze Klamotten, hatte ein Augenbrauen- und ein Lippenpiercing und hatte seine Haare, die früher einmal blond gewesen waren, schwarz gefärbt. Er war sehr schlank, um nicht zu sagen spindeldürr, hatte aber einen warmen und kräftigen Händedruck. »So, ihr wollt also bei uns mitmachen«, sagte Jonas. »Habt ihr denn schon Erfahrung?«, fragte er. »Ich habe in Berlin drei Monate in der Schülerzeitung mitgearbeitet, aber meistens nur Kopien erstellt«, sagte Tina. »Ich habe keine Erfahrung«, sagte Kevin. »Das macht nichts, du wirst dich schon reinfuchsen«, sagte Jonas und grinste. »Also, ich gebe euch mal eine kleine Führung. Hier sind die Computer, wie ihr seht, haben wir nur drei und sie sind schon etwas betagter, wenn ihr etwas im Internet recherchieren wollt, rate ich euch, das Smartphone zu benutzen. Wir haben einen zentralen Laserdrucker und einen Kopierer, der ist aber top. Hier haben wir eine kleine Kaffeeküche«, sagte Jonas und zeigte auf eine Nische, in der sich ein silbernes Waschbecken, ein Abtropfbereich, eine Kaffeemaschine, ein gelber Wasserkocher, ein Hängeschrank sowie ein Unterschrank und ein kleiner Kühlschrank befanden. »Tassen findet ihr im Hängeschrank, Tee und Kaffee auch. Milch ist im Kühlschrank. Hier hinten haben wir eine Gemeinschaftstoilette. Tja, und das war´s dann auch schon«, sagte Jonas.

»Auf den Rechnern läuft Windows 7, wir haben Word, Outlook und sogar Photoshop. Eine Digitalkamera ist auch vorhanden, leider keine Spiegelreflex. Aber ich hoffe, in Bälde eine zu bekommen.« »An was arbeitet ihr gerade?«, fragte Tina. »Wir erstellen jeden Tag den Speiseplan der Kantine und loben sie über den grünen Klee. Dieses Jahr stehen wieder die Bundesjugendspiele an, aber das dauert noch ein wenig. Bald ist Wandertag, da werden wir natürlich auch vor Ort sein. Aber wenn euch ein Thema einfällt, habt keine Scheu euch zu melden«, sagte Jonas. Tina und Kevin nickten. »So, dann setzt Euch mal an diesen Tisch«, sagte

Jonas. Tina und Kevin taten wie geheißen und saßen mitten im Raum. »Bin gleich zurück«, sagte Jonas und verschwand. Nach einer Minute kam er zurück und knallte zwei Ordner vor Kevin und Tina auf den Tisch. »Das ist das Photoshop-Handbuch, ich würde Euch raten, es eingehend zu studieren, wir haben leider meistens keine Zeit, um Euch den Umgang damit zu erklären. Und jetzt viel Spaß«, sagte Jonas. Tina schlug ihren Ordner auf und Kevin tat es ihr gleich. Dann kramte Tina einen Block und einen Stift aus ihrem Rucksack und begann damit, sich Notizen zu machen. Kevin sah etwas irritiert zu ihr hinüber, aber sie war bereits ganz in die Lektüre vertieft. Da er keine bessere Idee hatte, machte er es Tina nach und holte Block und Füller aus seinem Backpack. Langsam blätterte er die Seiten um. Wie sollte er sich das nur alles jemals merken können?, überlegte Kevin. Sicher war es einfacher, wenn man vor dem Programm saß und etwas tat, zumindest hoffte Kevin das. Tina schrieb wie besessen, so schien es für Kevin zumindest, sie setzte kaum den Stift vom Papier. Das spornte Kevin an und er versuchte, sich jetzt intensiv in die Thematik zu vertiefen. Nach einer Weile hatte er seinen Rhythmus gefunden und war im Flow.

»So Leute, Schluss für heute«, sagte Jonas. Tina und Kevin packten zusammen. »Ganz schön viel Zeug«, sagte Kevin. »Da sagst du was«, gab Tina zurück. Sie verließen gemeinsam die Redaktion und trennten sich dann. Jeder verschwand in eine andere Richtung.

Als Kevin am Morgen erwachte, fühlte er sich seltsam. So beschwingt. In seinem Magen flatterte es, wie wenn er Motten verschluckt hätte. Und als er an Tina dachte, machte sein Herz einen Satz. Er freute sich darauf, sie heute wiederzusehen, auch wenn sie gestern in der Redaktion irgendwie abweisend erschienen war. Er sprang unter die Dusche und ließ das Wasser extra lang über seinen Körper fließen. Plötzlich klopfte es an der Tür. »Kommst du heute noch zum Frühstück oder schwimmst du in die Schule?«, fragte seine Mutter durch die Tür. »Bin gleich fertig«, rief Kevin. Er drehte das Wasser ab, der Strahl erstarb. Schnell griff er sich ein Handtuch und rubbelte sich trocken, dann zog er sich an, öffnete die Türe und ging ins Esszimmer. »Hast du Papas Duschgel benutzt?«, fragte seine Mutter. »Ich wollte heute einen männlichen Duft«, sagte Kevin. »Ah, hast du jemanden kennengelernt? Ein Mädchen vielleicht?«, fragte sein Vater hinter seiner Zeitung. »Ich bin immerhin schon fünfzehn, also so gut wie erwachsen«, argumentierte Kevin. »Ein Mädchen«, sagte seine Mutter. »Mit euch kann man ja nicht vernünftig reden«, sagte Kevin und setzte sich. »Wann stellst du sie uns vor?«, fragte seine Mutter. »Sie nimmt mich nicht mal wahr«, murmelte Kevin. »Oh, das tut mir leid. Unglücklich verliebt zu sein, ist wirklich schlimm«, sagte seine Mutter. »Können wir bitte das Thema wechseln?«, fragte Kevin. »Klar, schlag was vor«, sagte seine Mutter. »Ich bin jetzt bei der Schülerzeitung *Ackergaul*«, sagte Kevin. »Ist das besondere Mädchen auch da?«, fragte sein Vater. »Ja. Aber das tut nichts zur Sache«, sagte Kevin. »So, so«, sagte sein Vater. Er senkte die Zeitung und zwinkerte seiner Frau zu. »Das habe ich genau gesehen«, sagte

Kevin. Er wurde rot. Schnell nahm er zwei Scheiben Toast und bestrich sie mit Erdnussbutter. »Oh, ich brauche neue Klamotten«, sagte Kevin mit vollem Mund. »Was ist denn an deinen jetzigen nicht in Ordnung?«, fragte seine Mutter. »Nichts, ich will mich nur verändern. Ach, und darf ich mir in die Augenbraue piercen lassen?« »Das kommt gar nicht in frage«, sagte seine Mutter. »Das haben jetzt aber alle«, sagte Kevin. »Und wenn alle von der Brücke springen, springst du dann auch?«, fragte sein Vater. »Das eine hat doch nichts mit dem anderen zu tun. Du vergleichst hier Dreiräder mit Ferraris«, sagte Kevin. »Wenn du volljährig bist, kannst du nochmal nachfragen«, sagte seine Mutter. »Dann brauche ich nicht mehr zu fragen, dann kann ich tun und lassen, was ich will«, sagte Kevin. »Aber nur, wenn d u bis dahin ausgezogen bist«, sagte seine Mutter. »Das ist so unfair, ich bin immerhin schon fünfzehn«, sagte Kevin. »Du sagst es. Fünfzehn. Und jetzt iss dein Frühstück«, sagte seine Mutter. »Ihr seid wirklich Unterdrücker«, sagte Kevin. »Hüte deine

Zunge, junger Mann«, sagte sein Vater. Kevin starrte auf sein Brot.

In der Schule angekommen, stellte Kevin fest, dass er seine Sportsachen vergessen hatte. »Na toll«, sagte er. »Was ist? Ist dir eine Laus über die Leber gelaufen?«, fragte Tina. »Ich habe meine Sportsachen vergessen und darf jetzt, zwei Stunden auf der Bank sitzen und bekomme einen Eintrag, wegen Unterrichtsverweigerung«, sagte Kevin. »Musst du die Stunden dann nachholen?«, fragte Tina. »Nein, aber ich darf einen Aufsatz über ein Thema der Wahl von Herrn Hilbich, dem Sportlehrer, schreiben«, sagte Kevin. »Das ist doch sicher ein Sportthema«, sagte Tina. »Schön wärs. Sicher darf ich über die Segnungen der Verkehrsregeln schreiben«, sagte Kevin. Tina prustete los. »Oh, das war kein Scherz?«, fragte sie. »Nicht wirklich«, antwortete Kevin. »Zieh dir doch einen Aufsatz aus dem Internet«, schlug Tina vor. »Das überprüfen die und dann darf ich den und noch einen Aufsatz darüber schreiben, warum es unrecht ist zu betrügen«, sagte Kevin. »Shit!«, rief Tina. »Doppelter Shit«, sagte Kevin. Es läutete und Tina verabschiedete sich von Kevin mit einem Lächeln. Heute schien sie freundlicher zu ihm zu sein. Vielleicht hatte sie gestern nur einen schlechten Tag, überlegte Kevin.

»Kevin, Kevin. Die Sportsachen vergessen. Was mache ich nur mit dir? Okay, du weißt, was das heißt. Du schreibst mir einen Aufsatz über den Sezessionskrieg«, sagte Herr Hilbich. Er trug wie immer einen schwarzen Trainingsanzug von Adidas und spielte an seiner silbernen Pfeife herum. Sein Gesicht zierte ein dichter schwarzer Vollbart und seine braunen Haare waren ein wenig länger und reichten ihm bis zum Kinn. »Was? Das ist Jahrtausende her«, sagte Kevin. »So ein Quatsch, der war von 1861 bis 1865«, sagte Herr Hilbich. »Na toll«, maulte Kevin. »So, jetzt setz dich auf die Bank«, sagte Herr Hilbich. Kevin nahm Platz und sah, wie seine Klassenkameraden das Volleyballnetz aufbauten und schon wenige Minuten später die Bälle durch die Halle pfefferten.

»Und was musst du schreiben?«, fragte Tina Kevin, als sie im Geschichtsunterricht neben ihm saß. »Ich darf über den Sezessionskrieg schreiben«, sagte Kevin. »Glück gehabt, das Thema ist wenigstens spannend«, sagte Tina. »Ja, es hätte schlimmer kommen können.« »Wir haben doch heute eine Freistunde, wie wäre es, wenn wir uns in den Computerraum zurückziehen und dir Infos zu deinem Aufsatz heraussuchen?«, fragte Tina. »Wieso wir?«, fragte Kevin. »Ich habe noch nichts anderes vor«, sagte Tina.

»Kevin, Tina, könntet ihr endlich still sein?«, fragte Frau Lehner. Tina machte eine Reißverschlussbewegung vor ihrem Mund und die Lehrerin setzte den Unterricht fort.

»So, da wären wir, im Computerraum für Schüler«, sagte Kevin. Es gab fünf Rechner, die auf Tischen standen, die an den Wänden platziert waren und einer Hufeisenform glichen. Sie setzten sich an den direkt neben der Tür und begannen mit ihrer Google-Suche. »Hey, hast du schon mal Ecosia benutzt?«, fragte Tina nach ein paar Minuten. »Was soll das sein?«, fragte Kevin. »Das ist auch eine Suchmaschine, aber die pflanzen Bäume, wenn man sie benutzt«, sagte Tina. »Echt wahr?«, fragte Kevin. »Ja, ohne Scheiß.« »Wenn Umweltschutz so einfach ist, dann nutzen wir doch Ecosia«, sagte Kevin und gab den Namen bei Google ein. Dann begann die Recherche, der erste Treffer verwies auf Wikipedia, was schon aufschlussreich war. Dann folgten ein Blog und eine Seite einer Schule. Der Drucker rotierte und bald schon stank es nach Ozon. »Leider kann man hier kein Fenster öffnen«, sagte Kevin. »Wir haben auch nur noch zehn Minuten, bis es klingelt«, sagte Tina. Sie packten den Stapel Papier in Kevins Backpack und verließen den Raum. »Danke für deine Hilfe und den Tipp mit der neuen Suchmaschine«, sagte Kevin. »Gern geschehen«, sagte Tina. »Sehen wir uns später in der Redaktion?«, fragte Kevin. »Oder beim Essen«, sagte Tina und winkte.

In der Mensa war es brechend voll, aber Kevin entdeckte Tina an einem Tisch. Sie winkte ihn zu sich. »Komme gleich«, rief er. Dann stellte er sich in der Schlange für das Essen an. Es gab Fleischküchle und Kartoffelsalat. Kevin belud seinen Teller und kam zu Tina. »Guten Appetit«, sagte Tina. »Danke, wünsche ich dir auch«, sagte Kevin und beide aßen.

In der Redaktion wälzten sie wieder die Photoshop-Handbücher. »Wann bekommen wir hier mal was zu tun?«, fragte Kevin leise. »In ein paar Tagen, schätze ich«, sagte Tina. »Hey, soll ich dir bei deiner Strafarbeit heute Nachmittag helfen? Ich könnte mit zu dir kommen«, schlug Tina vor. »Echt?«, fragte Kevin. »Klar, sonst hätte ich nicht gefragt«, sagte Tina. »Sehr gern«, sagte Kevin.

Als sie bei Kevin eintrafen, wollte er sofort mit Tina auf sein Zimmer verschwinden. Sie wurden aber von seiner Mutter aufgehalten. »Kommt doch kurz ins Wohnzimmer«, sagte Frau Graf. Es war ein geräumiger Raum mit einem schwarzen Ledersofa, einem Glastisch, hellbraunen Schränken und einem übertrieben großen Curved Fernseher. »Mom, wir haben keine Zeit, ich muss eine Strafarbeit fertig .... machen«, sagte Kevin. »Was? Schon jetzt eine Strafarbeit?«, fragte Frau Graf. »Es war nichts. Habe nur meine Sportsachen vergessen«, sagte Kevin. »Na toll, soll ich dir den Sportbeutel an die Hand tackern?«, fragte seine Mutter. »Ich habe es einfach vergessen. Mein Gott«, sagte Kevin. »Na, dann geht schon in dein Zimmer, aber lasst die Tür offen«, sagte Frau Graf. Kevin und Tina standen auf und machten sich auf den Weg in Kevins Zimmer. »Oh, keine nackten Frauen an den Wänden, wie erfrischend«, sagte Tina. »Ja, ich bin nicht so oberflächlich«, sagte Kevin. Was er Tina aber verschwieg, war, dass es seine Eltern verboten hatten. »Schreibst du den Aufsatz mit dem Computer?«, fragte Tina und setzte sich auf Kevins Bett. »Von Hand, noch so eine bescheuerte Regel«, sagte Kevin. »Das ist ja so oldschool«, sagte Tina. »Wem sagst du das. Wie wäre es mit etwas Musik?«, fragte Kevin. »Klar«, sagte Tina. Kevin startete *The Weeknd*. Tina sprang vom Bett und begann zu tanzen und Kevin machte mit. Da klopfte es an der Tür. »Wolltet ihr nicht eine Strafarbeit machen?«, fragte Frau Graf. »Ja«, sagte Kevin kleinlaut und drehte die Musik aus. Dann packte er die Ausdrucke aus und begann, sich das Ganze durchzulesen, hin und wieder machte er sich Notizen und sah immer wieder zu Tina, die ihn beobachtete. »Das ist so unfair«, sagte Kevin. »Was?«,

fragte Tina. »Das Leben«, sagte Kevin. »Ich
habe absolut keine Lust auf diesen Scheiß
und meine Eltern unterdrücken mich. Ich darf
mich nicht piercen lassen«, sagte Kevin.
»Echt jetzt, ich bin gepierct«, sagte Tina.
»Quatsch«, sagte Kevin. »Willst du´s
sehen?«, fragte Tina. »Klar.« Tina hob ihr
T-Shirt ein Stück hoch und Kevin sah, dass
sie tatsächlich am Bauchnabel gepierct war.
»Ähm«, sagte Frau Graf an der Tür. Tina zog
schnell ihr Shirt runter. »Ich glaube, Kevin
sollte die Strafarbeit alleine weiter
schreiben«, sagte seine Mutter. »Klar. Ich
geh dann mal«, sagte Tina, packte ihre
Sachen und verließ das Zimmer.

»Na toll, jetzt ist sie weg«, sagte Kevin.
»Du sollst deine Strafarbeit machen«, sagte
seine Mutter. »Das habe ich ja auch«, sagte
Kevin. »Zeig mal«, sagte seine Mutter.
»Hier!«, sagte Kevin und reichte ihr das
Blatt. »Der Sezessionskrieg war von 1861 bis
1865«, las sie. »Das ist alles?«, fragte
sie. »Ich hab ja auch erst damit angefangen.
Ich muss mich durch den ganzen Blätterwald
hier wühlen«, sagte Kevin und hob den Stapel
Papier in die Luft. »Keine Musik!«, sagte

seine Mutter scharf. »Hörst du hier Musik?
Also, ich nicht«, sagte Kevin. Seine Mutter
deutete mit zwei Fingern auf ihre Augen und
dann auf ihren Sohn, danach verließ sie das
Zimmer. Um nicht mehr Ärger zu bekommen,
setzte sich Kevin an seinen Schreibtisch und
arbeitete die Ausdrucke durch, dann machte
er sich Notizen und übertrug das Ganze in
seine Strafarbeit. Als er endlich fertig
war, war zehn Uhr vorbei. Er machte sich
bettfertig und schlief ein, nicht ohne an
das Piercing von Tina zu denken.

»Morgen, mein Sonnenschein. Bist du mit
der Strafarbeit fertig?«, fragte seine
Mutter am Frühstückstisch. »Strafarbeit?«,
fragte sein Vater. ›Vielen Dank auch‹,
dachte Kevin. »Eine Verkettung unglücklicher
Umstände«, sagte Kevin. »Er hat seine
Sportsachen vergessen«, sagte seine Mutter.
»Sport ist wichtig, mein Junge«, sagte sein
Vater. »Es kommt nicht mehr vor. Okay?«,
sagte Kevin. »Besser wäre es«, sagte sein
Vater. Kevin war der Appetit vergangen. »Ich
mach mich dann mal auf den Weg«, sagte Kevin
und stand auf. »Hast du auch ganz sicher
nichts vergessen? deine Sportsachen zum

Beispiel?«, fragte sein Vater. »Heute ist kein Sport«, sagte Kevin und verließ das Haus.

»Und du hast wirklich bis zehn an der Strafarbeit gesessen?«, fragte Tina. »Yo! War total abgefuckt«, beschwerte sich Kevin. »Kann ich dich irgendwie aufheitern?«, fragte Tina. »Etwas gäbe es da schon«, sagte Kevin. »Und was?«, fragte Tina. »Kann ich nochmal dein Piercing sehen?«, fragte Kevin. »Vergiss es. Nicht in der Öffentlichkeit«, sagte Tina und grinste. »Ach, wie schade«, sagte Kevin und machte einen Schmollmund. »Das hilft dir auch nicht weiter«, sagte Tina und gab ihm einen Klaps auf die Schulter. »Ich freue mich schon so auf das Handbuch später in der Redaktion«, sagte Kevin und verdrehte die Augen. »Wart´s ab, wenn wir damit durch sind, dürfen wir sicher an die Rechner und können auch mit der Kamera losziehen«, sagte Tina. »Dein Wort in Gottes Ohr«, sagte Kevin. »Das wird sicher noch ganz toll«, sagte Tina. »Wir werden ja sehen. Und wenn nicht, können wir immer noch aussteigen«, sagte Kevin. »Du willst aussteigen?«, fragte Tina. »Weiß noch nicht«, sagte Kevin und zuckte mit den Schultern. »Allein will ich da aber nicht bleiben«, sagte Tina. »Wärst du ja nicht, Katrin wäre noch da«, sagte Kevin und streckte Tina die Zunge raus. »Ach du Scheusal«, sagte Tina und griff ihn beim Genick. »Schon gut. Ich nehme es zurück«, sagte Kevin. Tina ließ von ihm ab. »Hast du die Geschichtshausaufgaben?«, fragte Tina. »Was hatten wir denn auf?«, fragte Kevin. »Die 95 Thesen von Luther«, sagte Tina. »Ach, das habe ich schon im Unterricht gemacht«, sagte Kevin. »Oh, ein Streber«, sagte Tina und stieß ihn in die Seite. »Nein, ich habe nur Besseres zu tun, als zu Hause meine Zeit mit Hausaufgaben zu verschwenden«, sagte Kevin. »Ach ja. Du verschwendest sie mit Strafarbeiten«, sagte Tina. Kevin streckte ihr die Zunge raus.

Der Unterricht verlief ohne besondere Vorkommnisse. Und so fanden sich die beiden wieder in der Redaktion ein. »Heute habe ich einen Auftrag für euch«, sagte Jonas. »Echt?«, fragte Kevin. »Wir brauchen ein neues Foto vom Direktor, geht los und besorgt es«, sagte Jonas und händigte Tina die Kompaktkamera aus. »Sollen wir da einfach rein spazieren?«, fragte Kevin. »Quatsch. In zwanzig Minuten habt ihr einen Termin«, sagte Jonas. »Also, nichts wie los«, sagte Tina. Und so begaben sie sich auf den Weg zum Direktorat. »Ähm, hallo«, sagte Kevin, als sie vor der Sekretärin standen. »Wir haben einen Termin bei Herrn Direktor Freytag. Wir kommen vom *Ackergaul*«, sagte Tina. »Ah, ihr wurdet angekündigt. Ihr könnt gleich rein gehen«, sagte die Frau. Kevin ließ Tina den Vortritt, weniger aus Höflichkeit als aus dem Grund, dass er sich hier äußerst unwohl fühlte. »Herr Direktor, wir sind vom *Ackergaul*«, sagte Tina und lächelte. »Ja, macht schnell. Ich habe nur wenig Zeit«, sagte Herr Freytag. Er trug einen schwarzen Anzug und sein Bauch war deutlich zu sehen. »Wie wäre es mit einem Bild hinter Ihrem Schreibtisch?«, sagte Tina und machte die Kamera startklar. »Na gut«, sagte Herr Freytag und setzte sich schwerfällig hin. »Sehr gut, und jetzt noch ein paar Bilder an dem Globus da«, sagte Tina. Der Direktor stand auf und ging die paar Schritte zu dem mächtigen Erdball, der zwischen seinem Schreibtisch und der Eingangstür stand. Er legte die Hand auf die Weltkugel und lächelte in die Kamera. Tina machte gleich ein Dutzend Bilder, da sie nicht sicher war, ob alle etwas werden würden. »Sehr schön«, sagte Tina. »Das wars dann schon«, sagte Kevin. »Wiedersehen«, sagten beide und verließen das Büro.

»So, da wären wir wieder«, sagte Tina und reichte Jonas die Kamera. Er sah die Bilder auf dem Display an. »Gut gemacht. Ich denke, wir nehmen eines der Globusbilder«, sagte Jonas. »Die fand ich auch am gelungensten«, sagte Tina. »Können wir zusehen, wie du sie bearbeitest?«, fragte Kevin. »Dann lernen wir schneller, als wenn wir die Anleitung lesen«, sagte Tina. »Also gut.« Jonas entnahm den Speicherchip und steckte ihn in den SD-Kartenslot. Dann kopierte er die Bilder und begann damit, das Bildrauschen zu entfernen. Nach einer halben Stunde war Jonas mit dem Ergebnis zufrieden und speicherte das Foto ab. »So, und jetzt wieder an die Bücher«, sagte Jonas. Kevin und Tina setzten sich wieder an ihre Plätze und vergruben die Nasen in den Ordnern.

Nach einer Stunde stupste Tina Kevin an. »Was ist?«, fragte er. »Kommst Du mal mit mir ins Gemeinschaftsklo? Ich will dir was zeigen«, sagte Tina. Kevin stand auf und ging zur Toilette. Zwei Minuten später folgte Tina ihm und schloss ab. »Darf ich dein Piercing jetzt nochmal sehen?«, fragte Kevin. Tina schüttelte den Kopf, fasste Kevin links und rechts an der Wange, zog seinen Kopf zu sich herunter und gab ihm einen Kuss, mit Zunge. Kevin hatte das Gefühl zu schweben. Die Zeit stand still und es gab nur sie beide. Bis es an die Tür hämmerte. »Bist du ins Klo gefallen?«, fragte Katrin. »Ausgerechnet«, sagte Tina, nachdem sie ihre Lippen von Kevins gelöst hatte. »Okay, mir ist der Ohrring aufgegangen und ich habe ihn nicht allein rein bekommen«, sagte Tina. »Okay«, sagte Kevin. Dann öffnete Tina die Tür. »Na endl... Was macht ihr denn zu zweit hier drin?«, fragte Katrin. »Mein Ohrring ist aufgegangen und Kevin war so nett, ihn mir wieder rein zu machen«, sagte Tina und lächelte Katrin an. »Schön. Wie auch immer. Ich muss dringend pinkeln, also raus mit euch«, sagte Katrin. Tina und Kevin machten, dass sie Land gewannen, und verließen schnell das Klo. Von da an verbrachten die beiden so oft wie möglich Zeit miteinander, hielten Händchen und knutschten, wann immer sich die Gelegenheit bot.

Kapitel 4

»Denk doch mal nach, wer kann das alles ohne größere Probleme bewerkstelligen? Wer verwaltet die Mittel? Na?«, fragte Tina. »Klar, Freytag«, sagte Kevin. »Bingo!«, rief Tina. »Wie kommen wir jetzt an Beweise?«, fragte Kevin. »Ganz klar. Wir dursuchen sein Büro«, sagte Tina. »Ich bin dabei«, sagte

Felix. »Und wie sollen wir da rein kommen? Das ist doch sicher abgeschlossen«, sagte Kevin. »Kein Problem. Ich bilde mich in meiner Freizeit mit diesem und jenem weiter. Unter anderem damit, wie man Dietriche benutzt«, sagte Felix. »Du willst wirklich ins Büro vom Freytag einbrechen?«, fragte Kevin. »Ich habe das eben alles nicht gehört«, sagte Jonas und verschwand aus dem Kreis der Freunde. »Klar, oder hast du eine andere Idee?«, fragte Felix. »Nein, aber Einbruch? Was ist, wenn wir erwischt werden? Fliegen wir dann von der Schule und werden angezeigt?«, fragte Kevin. »Gut möglich. No risk, no fun«, sagte Felix. »Ich mache da sicher nicht mit«, sagte Katrin. »War ja klar«, sagte Kevin. »Hör auf, so cool zu tun, mein lieber Herr Ex-Freund«, sagte Katrin. »Was war das gerade? Ex-Freund?«, fragte Tina. »Das hat dein Lover wohl vergessen zu erwähnen. Vor den Sommerferien waren wir ein Paar, aber dann in den Ferien hat es sich der Herr plötzlich anders überlegt und hat mich eiskalt abserviert«, sagte Katrin. »Stimmt das?«, fragte Tina. »Ja, aber da kannten wir uns ja noch gar nicht«, sagte Kevin. »Er sagte zu mir, er habe sich entliebt«, sagte Katrin. Tina hob die Hände und ging nach draußen. Kevin rannte ihr hinterher.

»Jetzt wart doch mal«, sagte er. »Wieso? Willst du mich auch abservieren oder wartest du bis sich eine bessere Gelegenheit ergibt?«, fragte Tina. »Du hast doch selbst gemerkt, wie nervig Katrin ist«, sagte Kevin. »Sprich weiter«, sagte Tina. »Ja, wir haben eine Weile rum gemacht und waren vier Monate zusammen«, sagte Kevin. »Was genau heißt rum gemacht? Wart ihr zusammen in der Kiste?«, fragte Tina. Kevin sah auf seine Schuhe. »Ah, großartig!«, rief Tina. »Das ist nicht so, wie du jetzt denkst«, sagte Kevin. »So? Was denke ich denn jetzt?«, fragte Tina. »Dass ich ihr nur an die Wäsche wollte, und als mir das gelungen war, habe ich sie abserviert«, sagte Kevin. »Stimmt so ungefähr«, sagte Tina. »Sie hat schon beinahe das Aufgebot bestellt. Herrgott.« »Und weil sie unsterblich in dich verliebt war und immer mit dir zusammen sein wollte, hast du ihr den Laufpass gegeben?«, fragte Tina. »So, wie du das sagst, klingt das schlimmer, als es war«, sagte Kevin. »Ich brauche jetzt erst mal etwas Zeit für mich alleine«, sagte Tina. »Machst du Schluss mit mir?«, fragte Kevin. »Das habe ich noch nicht entschieden«, sagte Tina. Tina ging ohne ein weiteres Wort. Kevin wollte ihr nachlaufen, dachte aber, dass es keinen Zweck hatte, und kehrte zurück in die Redaktion.

»Also, ich bin dabei«, sagte er zu Felix. »Super. Wir nehmen die Kamera mit, um die Beweise zu fotografieren«, sagte Felix. »Ihr seit total durchgeknallt«, sagte Katrin.

Um Mitternacht trafen sich Kevin und Felix, mit Kamera und Dietrichen bewaffnet, vor der Schule. »So, das kann jetzt einen Moment dauern«, sagte Felix und machte sich am Schloss zu schaffen.

Liebe Leserin, lieber Leser, wenn Kevin und Felix gewusst hätten, was noch auf sie zukommen würde, hätten sie den Plan sicher verworfen.

»Bitte einzutreten«, sagte Felix und hielt Kevin die Tür auf. Schnell huschten sie nach

oben und Felix knackte erst das Schloss zum
Sekretariat und dann das zum Büro des
Direktors. Kevin zog die Vorhänge zu. Mit
Taschenlampen bewaffnet begannen sie damit
zuerst den Schreibtisch zu durchsuchen, bis
sie auf eine verschlossene Schublade
stießen. Felix zückte wieder sein
Dietrichset und schon war die Schublade
offen. Sie fanden Kontoauszüge, aber nichts
davon schien mit der Schulküche zu tun zu
haben. Sie durchwühlten systematisch die
Schränke. »Mist, hier ist nichts«, sagte
Kevin. »Wir sehen uns noch den Aktenschrank
da an und dann verschwinden wir«, sagte
Felix. Natürlich war er verschlossen.
Diesmal brauchte Felix deutlich länger, bis
er eine Erfolgsmeldung verlautbaren konnte.
Sie durchsuchten Hängeordner und wollten
schon aufgeben, als sie doch etwas
entdeckten. Eine Liste mit Essenslieferungen
und zwei unterschiedlichen Preisen daneben.
»Vielleicht ist das die Umsatzsteuer«, sagte
Kevin. »Nein, das kann nicht sein, das sind
immer andere Beträge«, sagte Felix. Kevin
zückte den Fotoapparat und machte mehrere
Aufnahmen. Da hörten sie ein Geräusch, das

vom Flur her zukommen schien. »Scheiße, haben die hier Nachtwächter?«, fragte Kevin. »Keine Ahnung«, gab Felix zu. Sie verschlossen schnell den Schrank und sahen sich nach einem Versteck um. Ihnen blieb nur, unter den Schreibtisch zu kriechen.

Die Tür ging auf und das Licht wurde eingeschaltet. Kevin und Felix konnten nur schwarze Lederschuhe sehen, die aber sehr nach denen des Direktors aussahen. Er kam in ihre Richtung. Noch ein paar Schritte und er stand auf Kevins Hand. Kevin zog sie schnell zurück. Wenn er sich jetzt an seinen Schreibtisch setzte, musste er die beiden unweigerlich finden. Kevin schlug das Herz bis zum Hals. Es fühlte sich an, als würde sein Blut verklumpen und er würde in den nächsten Sekunden tot zusammenbrechen. Der Rektor nahm etwas von seinem Schreibtisch und setzte sich wieder in Bewegung, dann löschte er das Licht und schloss ab. »Verdammte Kacke, war das knapp«, flüsterte Felix. Vor Kevins Augen tanzten schwarze Punkte. Felix kroch unter dem Möbel hervor und checkte die Tür. »Abgeschlossen«, sagte er. Dann zog er seine Dietriche aus der

Tasche und begann, das Schloss zu knacken.

Als sie wieder im Freien waren, versagten Kevin die Knie. Er sackte auf dem Boden zusammen. Plötzlich wurde ihm schlecht und er konnte das Gesicht gerade noch zur Seite drehen, als sich sein Abendessen in einem Schwall Erbrochenen auf den Schulhof ergoss.

»Das war was, oder?«, fragte Felix eine halbe Stunde später. Kevin hatte sich noch zwei Mal übergeben, beim zweiten Mal kam aber nur Galle. »Ich glaube, ich bin nicht zum Einbrecher geeignet«, sagte Kevin. Er hatte einen bitteren Geschmack im Mund. Als er sich wieder in der Senkrechten befand, ging er nach Hause. Er gurgelte zehn Minuten mit Mundwasser, hatte aber immer noch den Eindruck, sein Erbrochenes zu schmecken.

Kevin lag im Schnee und etwas wollte seinen Schlafsack klauen. Kevin krallte sich mit aller Macht an dem Stoff fest. »Jetzt lass schon los«, sagte Frau Graf. »Was?«, fragte Kevin und öffnete ein Auge. »Du kommst zu spät. Steh endlich auf«, sagte seine Mutter. »Warst du noch mit Tina unterwegs?«, fragte sie. »Oh, Tina, das ist vorbei«, sagte Kevin. »Hast du sie absorviert wie Katrin in den Ferien?«, fragte seine Mutter. »Ich denke, sie hat mir den Laufpass gegeben«, sagte Kevin. »Das ist sicher schlimm für dich, befreit dich aber nicht von der Schule«, sagte Frau Graf. »Mir ist schlecht«, sagte Kevin und versuchte, wieder unter die Decke zu kriechen. »Du hast doch nicht etwa gestern getrunken?«, fragte seine Mutter scharf und schnupperte an ihrem Sohn. »Ich glaube, ich habe eine Magenverstimmung«, sagte Kevin. »Soll ich Doktor Feuerberg anrufen?«, fragte seine Mutter. »Ja«, sagte Kevin und legte sich wieder hin.

Eine Stunde später tastete der Arzt Kevins Bauch ab. »Leicht verhärtet. Hast du in letzter Zeit etwas gegessen, was du nicht vertragen haben könntest?«, fragte Dr. Feuerberg. »Das Essen in der Kantine. Es war vor Kurzem mit Listerien verseucht«, sagte Kevin. »Das könnte eine Erklärung sein. Ein Tag Bettruhe, morgen sollte alles wieder in Ordnung sein.« »Danke, Herr Doktor«, sagte Frau Graf und begleitete den Arzt aus dem Zimmer.

Kevin verschlief den restlichen Tag. Am darauf folgenden Tag war Samstag. Kevin saß um elf Uhr im Schlafanzug im Esszimmer und knabberte an einem Zwieback herum, als es an der Tür klingelte. Seine Mutter machte auf und kam wenige Augenblicke später mit Tina zurück. »Ich denke, ihr habt einiges zu besprechen«, sagte Frau Graf und ließ die beiden allein. »Du warst gestern nicht in der Schule«, sagte Tina. »Magenverstimmung«, sagte Kevin. »Da bin ich aber froh. Ich dachte du gehst mir aus dem Weg«, sagte Tina. »Warum sollte ich? Du hast doch mit mir Schluss gemacht«, sagte Kevin. »Habe ich nicht. Ich habe nur gesagt, dass ich etwas Zeit zum Nachdenken brauche«, sagte Tina. »Und bist du schon mit Nachdenken fertig?«, fragte Kevin. »Ich glaube, es war ein Fehler hier her zu kommen«, sagte Tina. »Nein, bitte bleib«, sagte Kevin. »Also gut«, sagte Tina. »Darf ich mich setzen?«, fragte sie. »Aber klar doch«, sagte Kevin. »Du warst also mit Katrin zusammen. Ihr hattet Sex und dann hast du sie abserviert«, sagte Tina. »So war das nicht«, sagte Kevin. »Dann erklär´s mir«, sagte Tina. »Am Anfang war

alles so aufregend. Und ich mochte den Sex.
Aber irgendwann habe ich gemerkt, dass ich
von Katrin immer öfter genervt war. Sie hat
immer davon gesprochen, wie es wäre, wenn
wir erst einmal verheiratet wären und was
für ein Glück wir doch hätten, uns in so
jungen Jahren schon kennengelernt zu haben«,
sagte Kevin. »Und?«, fragte Tina. »Da hab
ich es mit der Angst bekommen. Ich meine, es
war ganz nett und so weiter, aber ich wollte
nicht für immer und ewig mit Katrin zusammen
sein. Ich konnte mir einfach nicht
vorstellen, mit ihr verheiratet zu sein.
Mein Gott, sie hatte schon die Namen für
unsere drei Kinder. Kevin junior, Katrin
junior und Esther«, sagte Kevin. »Sie war
eben bis über beide Ohren in dich verliebt«,
sagte Tina. »Aber verstehst du nicht, ich
bin fünfzehn. Ich will nicht jetzt schon
übers Heiraten und Kinder nachdenken
müssen«, sagte Kevin. »Katrin ist sechzehn
und Mädchen sind weiterentwickelt als
Jungs«, sagte Tina. »Du verstehst es nicht«,
sagte Kevin resigniert. »Ich verstehe, dass
du ein unreifer Holzklotz bist, der Katrin
sehr verletzt haben muss«, sagte Tina.

»Warum bin jetzt ich der Böse?«, fragte
Kevin. »Weil Jungs einfach immer total
bescheuert sind«, sagte Tina. Beide
schwiegen.

»Wie ist denn eigentlich euer Einbruch
gelaufen?«, fragte Tina.

»Wir sind beinahe vom Freytag erwischt
worden«, sagte Kevin. »Echt jetzt? Erzähl.«
»Felix ist wirklich ein klasse
Schlossknacker. Wir waren im Nullkommanichts
in seinem Büro und haben angefangen, es zu
durchsuchen. Plötzlich tauchte der Direx
mitten in der Nacht in seinem Büro auf und
wäre mir beinahe auf die Hand getreten«,
sagte Kevin. »Ich wusste doch, dass die Idee
bescheuert war«, sagte Tina. »So bescheuert
auch wieder nicht. Wir haben Abrechnungen
gefunden, die eindeutig manipuliert waren«,
sagte Kevin. »Also schafft der Direktor Geld
zur Seite?«, fragte Tina. »Genau, er zahlt
nur halb soviel für das verdorbene Essen,
wie er der Schulbehörde weismacht«, sagte
Kevin. »Aber wenn wir damit an die
Öffentlichkeit gehen, weiß er, dass jemand
bei ihm eingebrochen ist«, sagte Tina.
»Informanetenschutz«, sagte Kevin. »Ah, die

berühmte anonyme Quelle. Ich verstehe«,
sagte Tina.

Der Artikel erschien in der nächsten
Ausgabe und wurde dann von der Heilbronner
Stimme aufgegriffen. Gegen Direktor Freytag
wurde ermittelt. Zuerst wurde er entlassen
und dann musste er ins Gefängnis wegen
Diebstahl und vorsätzlicher Körperverletzung
in hundert Fällen.

Was Kevin und Tina angeht, sie sind noch
ein Paar.

Ende

Ich danke: Emily, Merlin, meiner Familie, Volker, Gisela, Tanja, Nike, Ramiro, Riya, Laura, Carmen und Anja.

Gossip die Katzenreporterin
Taschenbuch: 72 Seiten
Verlag: Books on Demand; Auflage: 3
(14. Mai 2018)
Sprache: Deutsch
ISBN-10: 9783746092225
ISBN-13: 978-3746092225
Vom Hersteller empfohlenes Alter: 5 - 8
Jahre

Lord der Buchhändlerhund
Taschenbuch: 80 Seiten
Verlag: BoD - Books on Demand; Auflage: 1
(12. April 2019)
Sprache: Deutsch
ISBN-10: 3746064856
ISBN-13: 978-3746064857
Vom Hersteller empfohlenes Alter: 12 - 15
Jahre

Emily und Merlin die Detektivkatzen
Taschenbuch: 112 Seiten
Verlag: Books on Demand; Auflage: 1 (23.
März 2017)
Sprache: Deutsch
ISBN-10: 3741243132
ISBN-13: 978-3741243134
Vom Hersteller empfohlenes Alter: 5 - 8

Jahre

Peggy Kommissarkaninchen
  ISBN-10 : 3746074096
  Taschenbuch : 100 Seiten
  ISBN-13 : 978-3746074092
  Herausgeber : BoD – Books on Demand; 1.
Auflage (15. August 2019)
  Leseniveau : 12 und Nach oben
      Sprache: : Deutsch